Katie Woo

Basta de burlas

por Fran Manushkin

ilustrado por Tammie Lyon

PICTURE WINDOW BOOKS
a capstone imprint

Katie Woo is published by Picture Window Books

A Capstone Imprint

1710 Roe Crest Drive

North Mankato, Minnesota 56003

www.capstonepub.com

Text © 2013 Fran Manushkin

Illustrations © 2013 Picture Window Books

Library of Congress Cataloging-in-Publication Data
Manushkin, Fran.
   [No more teasing. Spanish]
   Basta de burlas / por Fran Manushkin ; ilustrado por Tammie Lyon.
   p. cm. -- (Katie Woo)

Summary: Al burlón de la clase le gusta burlarse de Katie Woo hasta que ella decide ignorarlo.

   ISBN 978-1-4048-7525-8 (library binding) -- ISBN 978-1-4048-7677-4 (pbk.)

   1. Bullying--Juvenile fiction. 2. Teasing--Juvenile fiction. 3. Schools--Juvenile fiction. 4. Chinese Americans--Juvenile fiction. [1. Bullies--Fiction. 2. Teasing--Fiction. 3. Schools--Fiction. 4. Chinese Americans--Fiction. 5. Spanish language materials.] I. Lyon, Tammie, ill. II. Title.
   PZ73.M2323 2012
   [E]--dc23

                                    2011048111

Graphic Designer: Emily Harris

Photo Credits

Fran Manushkin, pg. 26

Tammie Lyon, pg. 26

Printed in the United States of America in Stevens Point, Wisconsin.
042014
008143R

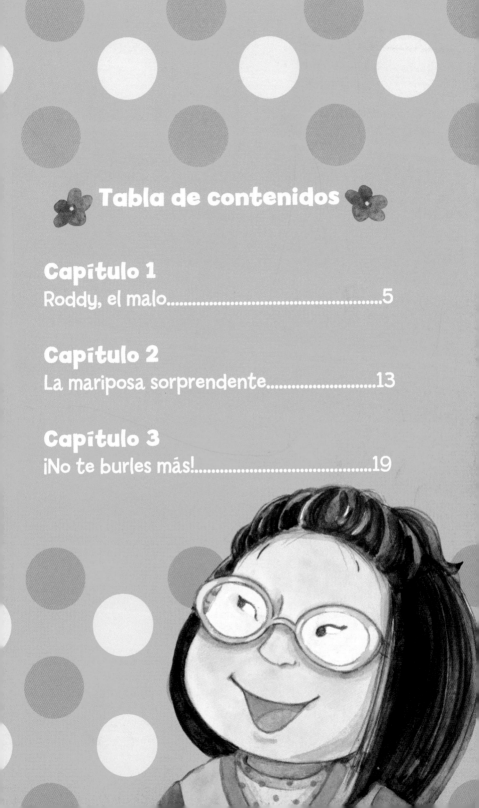

Tabla de contenidos

Capítulo 1
Roddy, el malo

Un día de camino a

la escuela, Katie Woo se

tropezó. Se cayó en el barro.

¡Zas!

Ella se raspó la rodilla y

manchó con barro su suéter

y todos sus libros.

Katie se puso

a llorar.

"¡Bebita llorona! ¡Bebita

llorona!" gritó Roddy Rogers.

Katie se sintió tan herida que

comenzó a llorar más fuerte.

Roddy se sonrió.

En la escuela, Roddy
Roggers siguió burlándose de
Katie durante el recreo.

"¡Vete!" le dijo ella.

Pero Roddy no lo hizo.

En el almuerzo, comieron pizza, la favorita de Katie.

Ella dio un mordisco tan grande que se manchó con salsa de tomate la nariz y las mejillas.

"Miren a Katie", gritó Roddy. "¡Katie tiene la cara sucia!"

Roddy dijo, "¡Cara sucia! ¡Cara sucia!"

"¡Basta!" se quejó Katie. Pero Roddy no paró. Se estaba divirtiendo demasiado.

Roddy le hizo
caras burlonas a
Katie todo el día.
Cuando Katie
le sacó la lengua, él hizo más
caras. Caras feas.

"¿Qué puedo hacer para

que Roddy deje de burlarse?"

Katie le preguntó a su amiga

JoJo.

Pero JoJo no sabía.

Capítulo 2
La mariposa sorprendente

Al día siguiente, Roddy se

burló de Katie cuando ella

estaba corriendo durante el

recreo. Y se burló cuando ella

estaba tratando de leer su libro.

Katie estaba muy triste. No quería ir más a la escuela.

Al día siguiente, la Señorita Winkle le dijo a la clase, "Chicos, nuestras mariposas están listas para nacer. ¡Por favor apúrense y mírenlas!"

Katie empujó hacia arriba
sus anteojos. "¡Oh, yo veo cuatro
ojos!" dijo Roddy en voz baja.

Él sabía que si la Señorita
Winkle lo escuchaba tendría
problemas.

Katie estaba a punto de contestarle. Pero de repente, su mariposa empezó a nacer.

Fue sorprendente. ¡Ella no podía dejar de mirarla!

Roddy dijo, "¡Cuatro

ojos!" un poquito más fuerte.

Pero Katie siguió mirando

su mariposa.

Roddy estaba muy

enojado. Golpeó su escritorio

y se

lastimó el

dedo.

Capítulo 3
¡No te burles más!

Más tarde, la clase trabajó

en sus dibujos "Buenos

vecinos" con un compañero.

Roddy se acercó

sigilosamente a Katie y dijo,

"¡Uh! ¡Tu dibujo es feo!"

Pero a Katie le gustaba

pintar tanto que lo siguió

haciendo.

"¡Eh!" dijo Roddy. "¿No me

oíste?"

Katie tampoco le respondió.

Roddy se enojó tanto que embadurnó con pintura negra toda su parte del dibujo.

"¡Oye!" gritó su compañero. "¡Arruinaste nuestro dibujo!"

Camino a casa, Roddy
miró fijamente a Katie pero
ella ni siquiera lo miró.

Katie comenzó a sonreír

más y más.

Cuando JoJo se sentó,

Katie le dijo, "¡Estoy tan

contenta! Sé qué hacer para

que Roddy deje de burlarse".

"¿Qué haces?" preguntó

JoJo.

"¡Nada!" dijo Katie.

"Cuando no lloro ni grito, Roddy no se divierte y deja de burlarse".

"Katie Woo, eres una niña inteligente", dijo JoJo.

"¡Gracias!" dijo Katie. Y sonrió durante todo el camino a su casa.

Acerca de la autora

Fran Manushkin es la autora de muchos cuentos populares, incluyendo *How Mama Brought the Spring*; *Baby, Come Out!*; *Latkes and Applesauce: A Hanukkah Story*; y *The Tushy Book*. Katie Woo es real -ella es la sobrina nieta de Fran- pero nunca entra ni en la mitad del lío de la Katie Woo de los libros. Fran escribe en su adorada computadora Mac en la Ciudad de Nueva York, sin la ayuda de sus dos gatos traviesos, Cookie y Goldy.

Acerca de la ilustradora

Tammie Lyon comenzó su amor por el dibujo a una edad temprana mientras pasaba tiempo en la mesa de la cocina junto a su padre. Su amor por el arte continuó y eventualmente asistió al Columbus College of Art and Design, donde obtuvo su título de licenciatura en arte. Después de una carrera profesional breve como bailarina de ballet profesional, decidió dedicarse completamente a la ilustración. Hoy, vive con su esposo Lee en Cincinnati, Ohio. Sus perros, Gus y Dudley, le hacen compañía en su estudio mientras trabaja.

 Glosario

arruinar — ensuciar o destruir algo

embadurnar — poner algo sobre una superficie, haciéndola desprolija

favorita — la cosa que nos gusta más

nacer — salir de un huevo o capullo

sorprendente — que causa sorpresa o maravilla

🌸 Preguntas para discutir 🌸

1. Katie estaba muy triste cuando se cayó en el barro. ¿Qué podrías haberle dicho para que se sintiera mejor?

2. ¿Qué piensas que la Señorita Winkle hubiese hecho si hubiera escuchado a Roddy burlándose de Katie?

3. Katie se dio cuenta de una manera excelente para que Roddy dejara de burlarse de ella. ¿Hay otras cosas que ella hubiese podido hacer?

Sugerencias para composición

1. Roddy no estaba siendo un buen compañero de clase. Escribe tres reglas que podrían ayudarlo a ser un mejor compañero.

2. Los niños estaban pintado dibujos de "Buenos vecinos". ¿Qué tipo de cosas podrían ir en este dibujo? Escribe una lista.

3. A Roddy le gusta burlarse. Escribe cinco palabras que describen a un niño que hace burlas.

Divirtiéndonos con Katie Woo

En *Basta de burlas*, la clase de Katie Woo está trabajando en dibujos de "Buenos vecinos". Es divertido hacer una obra de arte con otra gente. Trata de hacer un dibujo con un compañero y practica trabajar juntos.

Necesitas:

- un pedazo grande de cartulina. Debe ser lo suficientemente grande para que ustedes dos puedan trabajar en él.

- artículos de arte como lápices, marcadores, crayones, pintura, etc.

Para empezar

1. Decidan cuál será el tema de su dibujo. Ustedes dos deben coincidir en el tema.

2. Divide la cartulina en dos secciones. Cada uno tiene su propia área para trabajar. Quizás deseen guardar una sección para palabras que describan su tema. Por ejemplo, "Nuestros animales favoritos" describe un tema de mascotas.

3. Antes de comenzar a dibujar, habla con tu compañero sobre qué dibujará cada uno. Quizás quieras hablar de los colores que usarán. De esta manera sus secciones se verán lindas juntas.

4. ¡Ahora empieza a dibujar y pintar! Antes de que te des cuenta, tu trabajo en equipo resultará en una obra de arte hermosa.